羅智成故事雲

問津

時間的支流

有時我會忍不住　想跟你描述桃花
那充滿療癒和神秘力量的粉彩植物
在嶙峋、斑駁的枝椏編織的地表上
抿著陽光和嫣紅汁液的薄薄花瓣
閃放著甜甜的波長
無聲的笑靨爭相綻放
像竭力要填滿視覺的傷口……

但是故事開頭，映入眼簾的
是一隻鬆開後又緊握著的手

布滿砂土、傷痕和血跡的手
雕工精緻的古玉從掌心露出
畫面切近，
「四維傳家」篆刻清晰可見
畫面再拉開，
多年前湘西一處古戰場上
一個年輕的軍官倖存了
從疊滿敵軍和友軍的屍堆
他掙扎著爬了出來
透過困難的呼吸
仔細檢查身體的創痛

空氣中瀰漫著尚未消散
芥子氣刺鼻作嘔的氣味、
煙硝味、滾燙的鋼材、
血的鐵腥，與屍臭……
侵略者和反侵略者
在這場接觸戰相互抵消了
歷史將以抽象的隻字片語取代
不久前震耳欲聾的槍炮聲、吶喊聲
咒罵，和驚慌絕望的哭叫

受傷的軍官脫離戰場
在幾無人煙的林野裡

覓食、遊蕩、尋找救援
他來到美麗江邊的小渡口
在失去意識前放開了纜繩
躺進一條波中蕩漾的小船

當他再次醒來
天堂的門已經打開
滿眼繽紛、桃紅的粉彩
將他凡間的視野完全遮蓋……

這到底是祖父的記憶、夢境

還是我一直在想像的電影片頭呢？

多年後的現在
我正參加一場魏晉文化研討會
在風景優美的「武陵山莊」
那是個潮濕多霧的山谷
被細心營造成休閒勝地
春天賞櫻、秋天賞楓
溪裡還有櫻花鉤吻鮭魚
研討會的議程冗長無趣

充滿人文學者聚會特有
隔靴搔癢的陳舊氣息
以及各種論據、觀點
甚至串場時
機智言談的可預測性

大部分時間我寧可穿過被
潮濕的霧氣輕托著的細雨
到窗牖半敞的咖啡座發呆
或繼續和K討論文明史上
多次「胡化」的歷程與影響

這和大會的主題並不相涉
主要起因於會議現場不經意
卻反覆出現的傳統中國元素
以及依循刻板印象妝扮
那些亭閣、窗框與紋飾

「許多人認知的中國色系
更像是受藏傳佛教影響
紅藍黃白綠的固定調色盤
並非華夏美學早先的想像……
楚墓器皿、唐風服飾、宋瓷宋畫

或江南園林可能更為地道——
但廣被流傳的印象總是
被滿清皇族符號制約的
北方宮殿與皇家建築」

這樣的話題
充滿空想與抬槓的樂趣
「『胡化』這個字眼太空泛
整個中國歷史或多或少
都時刻在進行——
其它佛教宗派就不算胡化嗎？

趙武靈王胡服騎射算不算胡化？
張騫通西域，
引入蔬果文物算不算胡化？
隴西李唐的盛世
又該如何計較？
進入大航海時代
更不知從何談起……

劉淵、石勒、慕容皝、宇文泰
還有拓跋、耶律和完顏
原先我們以為歷史過渡與過客
其實早已是我們

血液裡的基因
文化裡的幽靈」

「若是具主體性的吸收
舊有價值體系不受傷害
可以不算狹義的胡化吧？」
K自問自答：
「如果廣義來說
那麼在東亞大陸上進行
最顯著的宏觀趨勢
就是北方民族不停南下
把在地民族壓迫到

更東、更南或海上吧？」

「根據基因族譜的線索
似乎是較晚到的O-M175民族
把原先C-M130、D-YAP民族
逼到北方的過程……」

「你說的事情太早了
是史前史的史前史
甚至矮黑人都還沒白成
東北亞民族的時候
至少信史時代以來

都是衣冠不停南渡
遊牧民族不停迫遷南方民族」

「玁狁、匈奴、這些鬼魅般的稱呼
一直作祟於我們的史書
五胡亂華最具指標性
盡可類比歐洲蠻族侵滅西羅馬
唐宋像黑暗時代後的文藝復興
但早了好幾百年」

不停延伸的對話
並非故事的伏筆

但我們這輩文青總是
找不到足夠的冷場
來結束這無止境的清談：
「我們的黑暗時代較短
原先典章制度的記憶還在
原始的蠻荒能量還不足以
摧毀大一統的中華文明

只是歐洲文藝復興前夕
中土文明終被蒙古中斷
西方則擋住了蒙古和突厥
這對現代世界的形成至關重要」

「也有人覺得唐朝以後
漢人政權對中土控制相對短小
遼、金都比宋朝強盛
元朝不說
明朝始終被瓦剌、蒙古威脅
清朝基本上是女真2.0版……」

「『胡化』還是得客觀看待
它帶來嚴重倒退與破壞
也注進新與民族的能量
而北魏、遼與滿清的漢化
也催化了漢民族的胡化

——終究，這些討論是為平衡
對文明連續性過度潔癖的想像
其實，漢人綿綿不絕發展繁衍
已是文明連續性最堅實的意涵」
在等待雨停的片刻靜默裡
我試圖淡化議論裡的衝突

「但是，
漢人是指什麼人呢？」

「漢人」，

多麼迷人又複雜的概念啊
難以被血統或史實清楚界定
它更像時間自然風化出來的
以文化為基因　以文字為圖騰

中原漢人
應相當程度混血或『融合』了
往南方或更南方遷徙的
漢元素的純度可能較高
不過也和在地民族混居
文化上異化、邊陲化了
中原始終保有最強文化資產

並持續影響四鄰
只是這個中央文明
在漫長時間裡相當程度『胡化』了」

「明亡之後，漢字文化圈的民族
不論日、韓、越多少意識到這些
甚至提出華夷變態的說法
覺得自己比中華更中華」

「太一廂情願了
然而那仍是可以理解的
如同現代西方文明

中華文明長時期就等同於文明
是可以被他族共有、共享的」

桃

「我們的歷史太長、記憶糾結
「因」太多，「果」就複雜……
我們要努力不成為歷史的苦果
要把自己修成人間的正果……」

桃

「那麼，一個純粹的漢文化
如果沒有中間這融合與波折

如果沒有這許多『因果』
會是什麼樣子的呢？」

這一次激起我濃厚談興的
是一旁靜靜聆聽，長髮飄逸的Q
曾在報社工作、跑過新聞
又回到學院念藝術史的女生
我費了一番口舌
才邀得她參加這場聚會

「我對色彩並無特殊偏好

著迷的是它們的搭配
那麼多的場合與心情
那麼多美滿組合的可能性
為什麼孔雀藍要鑲以龍麟銀？
為什麼是蘋果綠梳理銅鏽青？」

「美感激盪於
視覺的對比，還是協調？
感官的期待，還是意外？
一個顏色被陽光反射
是要引領自己的顯現
還是整個環境的甦醒？」

我還記得第一次的攀談

「為什麼較原始的民族
總喜歡鮮艷、強烈的原色？
是否從色彩中他們接收到
不只官能的刺激也包括了
意義、象徵或某種法力？」

她認真回答：
「色彩就像視覺上的鹽
各個民族的口味都不同……
把他們所處的環境連同

熟悉、敬畏或想模仿的
動植物也算進去
鮮艷的顏色，如果你貼近看
也許才是大自然的本色……」

在對話的後半場
我只注意著一雙公正、漂亮的眼睛
和一張被努力的思考所牽動的
豐滿的唇形

用完早餐

幾天來的話題被緊急電話打斷
「趕緊回台北來
奶奶又出狀況了！」
父親保持平靜地說

奶奶是家族的外星人
慈祥和藹、優雅雍容
但不善交際、羞怯怕生
置身浮躁現實的當代社會
顯得格格不入、水土不服
她考慮過多、反應遲緩

出人意表的言談
常令人不知如何以對
子孫輩嫌她迂腐落伍
都刻意跟她保持
某種善意的距離

祖父更是家族中另一個異類
死後則像是半人半神的存在
當初高階軍官退伍後
他揮霍著無窮的熱情與創意
從事機電材料到玩具代工
在各個毫不相干的領域活躍

但是本質上更像詩人
始終堅持某種無可理喻的
率性、浪漫與深奧的心情

他對奶奶的呵護和寵愛
我們完全無法理解
好像她是獨一無二瀕臨絕種的花朵
是隨時需要照顧永遠的小女孩
甚至為她收斂散發不完的魅力
放棄多采多姿的社交生活

而奶奶對他也百依百順

永遠充滿著愛慕與信賴
他們不時絮絮低語、相互打氣
像剛剛移民到陌生星球
相對於遺世獨立的兩人
整個世界顯得粗枝大葉
他們的子孫輩也是

當祖父不在事業上周旋時
他們經常結伴去旅行
北極光、博物館、世界文化遺產
或天涯海角任一間酒館
他更經常一個人去嘗試

我們意想不到的魯莽行徑
最後
在開著輕航機的千米上空
心肌梗塞
輕巧的航具載著他
往南一直飛到油料耗盡
再以12比1的失速比
穩穩地、孤單地降落在
一座不知名的高原上

祖父過世後

奶奶的狀況就更糟了
像把自己藏在櫥櫃後方
神秘的貓科異獸
神出鬼沒於家居生活裡
喃喃自語、嘟囔著沒人聽懂的方言
或終日守著一些祖傳、陳舊的配飾
不知在拼貼什麼記憶

最近的情形更為嚴重
常吵著要回湖南老家
我們說，沒問題呀！
等大家有空就帶您回去看看

她卻堅持要趕在穀雨之前
「否則，就回不去了！」
我們聽得一頭霧水
說清明時節也還早啊
她卻片刻也不想等候
提前整理好行李
每天催促著要出發

「我的老家很偏僻，非常難找」
「不就在常德，很大的城市啊？」
「其實不算常德……
是慈利縣的深山野地

一個叫永周邑的地方」

「永州驛？」

「永周邑，永遠的永、周朝的周，巴上面加個口的邑」

「沒聽過……」

「隔這麼多年了不知現在還在不在……——那裡非常難找」

「沒關係，到那兒再打聽就好了」

「我們一定要早點出發時間很要緊……」

「好啦好啦我們趕趕看」

結果今天上午父親打電話來
從不食人間煙火的奶奶
竟然自己去訂了機票
說現在沒人有空陪她
她就一個人回去好了
大夥兒這下慌了手腳
年輕機靈　工作時間又有彈性的我
臨危受命　負責陪奶奶回老家

桃

為了讓返鄉之旅不至沉悶
我硬著頭皮去遊說N同行
但餘怒未息的她嗤之以鼻
只好回頭試探Q

「我有預感，
在那遙遠的山區
妳會遇見古文明的活化石
看到罕見的視覺盛宴
或色彩的狂歡……」
她沒有答話

只以一種
給了我莫大恩惠的表情
回應我感激涕零的表情

我沒回去過湖南
但是從父親和祖父的言談
早已領教過湖南人特有的
自信與自我標榜
「楚雖三戶、亡秦必楚
惟楚有才、無湘不成軍
小子！學著點」

「蔡倫、周敦頤、王夫之
魏源、曾國藩、齊白石
還有左宗棠、黃興、沈從文和湖南衛視」
「知道抗戰時
日軍在哪裡死最多人嗎？」
「湖南人的靈魂裡永遠杵著
自春秋戰國以來就
不介意和別人不一樣也
不那麼想和別人一樣的特質」
但我只知道
當他們跟同鄉熱切交談時
那鄉音實在令人無法領教

桃

Q一路上熟練照顧著奶奶
甚至比平常更少搭理我
我心領神會　隨遇而安
一行人順利飛到了長沙
然後包車直抵常德

第二天大清早
開兩個多小時的車繞到安鄉
安鄉在破碎化的洞庭湖中間
一路是低平的湖畔

古雲夢大澤已消退於圈田
而恢恢楚天依舊開闊

這是爺爺的老家
行程再匆忙也得順道看看

但是城關鎮城牆早已拆除
觸目所及的房舍皆為新建
東門只剩一處隆起的土丘
一隻斷垣殘壁間閒逛的狗
我們憑弔了半個上午
什麼也沒交代就離開了

回到常德的旅館
開始收集永周邑的資訊

我們知道爺爺的老家
因為那是我們的祖籍
一種先驗的情感
一種觀念或信仰產生的心理聯繫
但沒有人提過奶奶的老家
只隱隱約約知道
她來自湘西山區
「正是那漢苗雜處，
現實與傳說交界的國度」

「還有土家族、傜族、回族……

難怪奶奶感覺上不像一般漢人」

「奶奶，您的籍貫是哪裡？」

「籍貫？慈利縣不是嗎？」

「我是說您家鄉在哪兒？」

「嗯……就是永周邑啊！」

「永周邑？

地圖上沒有這個地方呀！」

「一般地圖上應該沒有……」

「那要怎麼問，怎麼走呢？」

「你爺爺特別留了這些給我

並交代要先找到一個皐橋鎮
找到皐橋鎮再問到渡船頭
老家就不遠了！」

奶奶神祕、慎重地取出
一方陳舊朱漆的小木盒
裡頭是幾封泛黃的書信和
畫得密密麻麻的老地圖
我們拿著它和新地圖對照
終於在慈利和張家界之間
找到了不太顯眼的皐橋鎮
「好了！已經找到這個地方

到那邊再問問看
應該就可以找到您的老家了！」
我們心情篤定地下樓用餐

第二天
司機小張帶著我們
沿S306公路換S338一路往西走
這是一段被乾淨、整齊的公路
切割治理的山區
除了遠處的鄉道、橋梁和
錯落有致的嶄新農舍外
蒼鬱茂盛的大自然美景

基本上還統治著整個湘西
從楚辭時代的楚國
到沈從文筆下的邊城
千百年來某種未馴的野性
一直流竄、潛伏在荒野急流和
犬牙交錯的嶙峋山嶺之間

即使和和善的當地人愉快聊天
你還是會忍不住從他們眼神中
去捕捉那些在靈魂後頭
隱隱作祟的神秘血緣

巫蠱的傳說、趕屍的異象和

散失的深邃古文明如何交融
噩夢與美夢又如何共棲？
這謎樣的風土永遠令人著迷

但返鄉之旅並不順利
我們雖然找到皋橋鎮
奶奶早已認不出任何地方
主要行政區多年來
也做了相當的改變
雖然有河——
幾條綠甸甸的澧水支流從旁經過

但是兩岸遍布稻田、菜園
南邊的河灣是陡峭的峽谷
根本沒有渡船頭

我們跟鎮上的戶政人員打聽
卻沒有足夠線索提供給人家
奶奶一貫的迷糊與言不及義更加嚴重
講話顛三倒四、吞吞吐吐
有時前後矛盾、有時欲言又止
消磨了大家不少善意
但也激起我和Q的好奇

我開始覺得
我們在尋找一處神秘的所在
它始終隱藏在當地
卻不為當地人所知曉
或者
那只是衰老模糊的記憶
想找個實際的地點附體？

幾天下來的盲目奔波
除了相關地圖和風景照片
我還張羅了描述簡略的縣志
在樸素的小旅店裡鎮日鑽研

但是這一片地區
被文字標記的很少
好像錯綜複雜的腦袋裡
許多還沒被文字照射到
陰暗、未知的淵藪

清明已過
奶奶卻生病了
一邊發著高燒
一邊念念有詞　唉聲嘆氣
我其實隱隱擔心過

一個老人的歸鄉之旅
會遇到這樣的困局
著急煩悶的縫隙裡
開始想念城市的花花草草
無憂無慮的尋歡宴飲
通宵達旦的夜店酒吧
以及M、N、P、T盼顧間
雍容流瀉耽美、享樂的本能
這時Q像洞察了我的心事
給了我一個嚴厲的眼神

那天晚上

氣氛空前地低迷
在那一般當代年輕人
都會想逃避的情境裡
奶奶把我們叫到床前：
「小蔚，小雯
這次難為你們、辛苦你們了
你們平常已經那麼忙
還要陪我到這裡來折騰……
但是現在的時刻很關鍵
錯過穀雨就很麻煩
所以這個秘密
看起來還是得讓你們知道」

「這個秘密，已經守了六十年
原本不可以對任何人說的」

「秘密？」
彷彿正要誤入故事的歧途
現場氣氛開始變得不真實

「你們都知道
我的老家叫永周邑」
「可是他們沒聽過這個地方」
「對對
沒有人知道這個地方

因為只有我們家鄉的人這樣叫

至於外面的人

外面的人

你爺爺告訴我

永周邑，就是桃花源……」

「桃花源？」

我一下亢奮起來：

「那不是子虛烏有的地方嗎？」

「不是不是

是我從小生長的地方」

「怎麼可能？

那只是陶淵明的烏托邦想像
根本沒有這個地方」
「你爺爺十分確定
我們住的地方就是桃花源」
「爺爺哄妳的吧？
那只是一個形容詞而已
——您的家鄉與世隔絕嗎？
有很多桃花嗎？」
「那可多了！
滿山遍野的桃花桃樹
吃不完的桃食桃果
還有桃花露……」

「而且
家鄉裡只有我一個人出來過……」

我望著手中現實世界的地圖
覺得它一直在退縮退縮
成為神秘荒野的偽裝
「怎麼可能……
世界上沒有桃花源
如果真的有
我們就更回不去了
〈桃花源記〉不是說
即使武陵漁人沿途做了記號

後來很多人再想去找
也都找不到了？」

「不會的，」
奶奶謹慎地說
「你爺爺當初在清明後的滿月上船
出來後又為此專研多年
確定每六十年一次的穀雨之時
那段時間主溪源頭春水大漲
和老家無若溪源頭合流
我們就回得去了……」

「每六十年才一次的
溪水大漲、雙源合流？
我們才能從中覓出蹊徑
走到另一條水道？
您等了整整六十年
就為這麼一個不確定的預言？」

奶奶聽得十分沮喪
久久說不出一句話
看起來病得更重了

Q開始說話了

「你先別亂說
奶奶當然是有老家的
否則她打哪裡來？
這個老家可以是桃花源
也可以不叫桃花源
但一定美得像仙境

不管陶淵明寫的是真是假
世界上當然可以有桃花源
不管是不是烏托邦想像
歷史上確實有過許多人
試圖尋找或打造烏托邦啊

孔夫子的「乘桴浮於海」
徐福率童男女尋訪仙山
華夏大地千百年來
避禍避亂的中土士族不知凡幾
不知凡幾啊！
還有希臘梅特歐拉那些修道院
還有終南山那些隱士
到現在都還有」

「我相信
每個人心中都有桃花源
想久了就會成真

如果有機會
誰都願意去找尋、去發現」

Q再次攤開地圖：
「只要我們先找到爺爺奶奶
當年一起離開的渡口……」

「不是在阜橋鎮附近嗎？」
「那時的附近也許沒那麼近」
「要挑一條河，沿河找找看嗎？」
「應該也不會緊鄰路邊吧？」
「是有一條黃土小路

路旁還有樹，銀杏樹」
「還有銀杏樹？」
「很美的銀杏樹，
好幾棵，好幾棵
啊我知道我不會忘記……」

Q忽然改變話題
溫柔地摟著老人
「奶奶，您要不要
再多跟我們說說
您和爺爺相遇的經過？」

也許已進入半昏迷
奶奶流露出我們從不曾
在長者身上預期的
嬌羞、幸福的神情：
「你爺爺再三提醒
千萬不要告訴任何人
為了保護我，還有我的家鄉
千萬不可以告訴任何人……

可是他已經走了
我也已經很老了

老家還在不在，我不清楚
還找不找得著，就更沒把握
無論如何，我想
還是得把還記得的
趁現在告訴你們
找得到，
就可以落葉歸根
找不到，
至少多了你們知道
我的老家才算……真的有過」

桃

那是六十年前的事了
我大約剛滿十九歲
那天地方上出了大事
一條漂流的小破船
順著上漲的無若溪
載來一個昏迷不醒的外地人

永周邑幾乎沒有外人來過
一直隱蔽地藏在山谷後頭
家鄉父老說
我們祖先當年是逃難來的

來了以後就再沒有出去過

這個受了傷的年輕人
帶來很大的騷動
他喚醒我們隱隱知道卻
從來不去想的外在世界
因此被小心翼翼地隔離

那時我和同為孤兒的妹妹
正在實習做「司命」
於是被派做溝通和觀察
司命本來掌管占卜和鬼神之事

有點像祭司或女巫吧？
當自然現象和社會事件
漸漸重覆出一定規律後
我們掌管的
更像是固有儀式和秘密的知識
也因此可以參與不尋常的事務

被我們救起的年輕人
雖然奇裝異服
但高大英俊　友善聰明
即便一開始言語不通
我卻覺得從來沒有和

一個人的心跳這麼接近
和邑上其他人相較
他率直性急甚至失禮
看人的眼神那麼直接
幾乎快碰到我的靈魂
那時我
幾乎沒法子呼吸
只能暗暗地喘氣

我開始在想
歷代祖先為了

成就楚楚衣冠
是怎樣嚴實地
將自身本能與好奇
細心誆騙　馴養啊
於是有了被無知禁錮的恐慌
確定愛上他的時候
我也確定不想再多待一天
在一成不變的鄉里

也許打從開始
我就認命於戲劇化的命運
對於不尋常的旅程

對於未預期的邀請
充滿一意孤行的激情
對於曾經那麼熟習的
也愈來愈輕忽疏離
我還記得跟他相處時
發出來放肆的笑聲
連自己都驚慌失措

我們幾乎是不同的物種
所以我們的愛戀先天就
帶著最徹底的瘋狂
最不講理的情感

我義無反顧
干犯所有的禁忌
愛情已徹底點燃了我
女巫的基因

桃

由於責任感
他堅持要回去
回到我們的世界之外
去保衛他的國家
在地方上的眾人殷勤
為他打點餞行的時候

我卜了一天一夜的卦
和巫咸大神爭辯交心
我暗自收拾好行李
在妹妹的掩護下
逃離了沉睡的永周邑

我孤伶伶在半路上等他
等啊等啊
當我們相遇時
快樂得昏了頭
像失了魂　醉了酒
死亡的恐懼都拋諸腦後

我們乘船溯溪而上
水路不通後便
繞道攀上懸崖
穿過瀑布
涉過湍流
聽見大鯢遠遠哀鳴
也和雲豹狹路相逢
在桃花遍地的山丘
迷路了一天一夜又
在水深及膝的森林
跋涉了一天一夜
終於回到他原先的渡口

他說

我原本立誓要回來找妳
現在我立誓要帶妳回來
但他並沒有做到
在接下來的六十年
我們兩個人注定
因為不可告人的遭遇
而孤立於世
而孤立也是
我們愛戀最完美
最完美的形式了……

我曾經玩世不恭、恃才傲物
我曾經辯才無礙、犬儒多疑
我自以為能體會各式心境
理解千奇百怪的事物
並善用各種理念與知識
掌握我和世界最安適的距離

現在我卻發現
我忽視掉或是
處理掉、排解掉的
每一樁別人的心事

我從沒真正的知曉
多年來
我冷眼看待奶奶的言行心境
自以為比她客觀
比她世故　比她清醒
真相是
我只是比任何無知的人
更聰明地享受著無知

我第一次用心握著奶奶的手
虔誠去感受她六十年來
心頭上點點滴滴

「我一定會帶您回家」
我說
而她緩緩遞給我
正是祖父手寫的字條：
「我一定會帶妳回家」
還有刻著
「四維傳家」的那塊古玉

第二天和Q繼續四處打聽
雖然對於要找的地點
多了一些具體的想法

但並不影響原先的方向

在湘西這一帶
確有和奶奶家鄉近似的地名
不過Q說
如果一個地方叫做桃花源
它就注定不是桃花源了！
因為這樣就跟桃花源的本意
恰恰相反

街坊上
知道我們在找渡船頭的鄉親多了

他們熱情地提供各種消息
或可能知道掌故的耆老
「鎮裡頭最年長的應該是
二灣里的范老太爺了
他連抗戰時期許多故事
都還記得一清二楚呢！」

穀雨開始當天
我們找到范老太爺
「在這方圓幾十里內
您說的渡船頭
附近又有銀杏樹林的

大概就只有往栗上坡
那條路上的渡船頭了」

「不過已經好多年沒用了
因為旁邊祝家峪在蓋水庫
水庫已經建設多年
最近剛蓋好
要開始蓄水了」
「要蓄水？
什麼時候？
規模大不大？」
「五月一號吧？

壩體是蠻高的……」
「西曆五月一號？
也就快到了……」
「那就更刻不容緩了
我們趕緊帶奶奶去看看」

桃

往上游的路徑算寬
只是陰森而荒涼
看起來絕少使用
進入深夜統治的國境後
蜿蜒的山路往黑暗延伸

未知
正是那深不可測的黑暗
始終飄忽在前
誘惑
並拒斥著我們

我們靠著車燈的強光
在黑暗中挖掘出一條隧道
用想像代替視覺
估量著兩旁的景物
途中經過了巨大森然的水壩
也許也經過了某些

不可逆轉的　時間的關卡
否則路況怎會迅速陳舊？

當車燈照見轉角的銀杏
渡口已隱約於破敗的籬笆後
我們拋下司機
急忙下車探看
只見斷垣殘壁　雜草叢生
某些被忘記的記憶
一直兀自在此逗留

春江明月亮得驚人

我們在茂密的菅芒間摸索
在高反差的視野中踉蹌
而早已傾圮的木棧碼頭
靜靜浮沉於瀲灩波光中
繼續守候失約的問津者
遠方是始終保持著距離的黑暗
靠我們一側是淤積的泥
和彷彿守候多時一條
擱淺岸邊的老扁船

這時已接近黎明

天河倒映　夜涼如水
「是這個地方嗎？」
「不確定
以前沒有這麼大的碼頭
但是
這水潭倒有點眼熟」

暗夜中這一潭水域
被整面陡峭的岩壁包圍
像深而寬闊的灣澳
其實仍是一條溪流
有些地方還露出沙石嶙峋的河床

「分岔的水道會在哪裡？」
「應該在左邊……
在這兒看不出來……」
「應該在左邊
在那片沙洲後面
但現在還看不出來」
「我們坐船到沙洲那兒瞧瞧」

這時已接近黎明
天河倒映　夜涼如水
隨著船的波動
潭水慢慢上漲

但四周一片漆黑
什麼也看不見
我們只好撐著船
沿著潭邊摸索

「你看你看
應該就在那
就在那幾叢稀疏的灌木邊」
我們明顯感覺到一股急流
朝西邊的暗處洩去
「我們回得來嗎？」
沒有人回答我

不久前這還是一灘沙石
現在卻形成了窄窄的
寬不到兩、三米的水溝
水溝似乎有個坡度
船不需要怎麼費力
就朝著陰暗的樹林流動
而且越流越快
船也越來越巔簸

這是一條非常淺的
臨時性的小溪流
像融化的月光

為我們返鄉鋪陳的小路

天光漸亮
老破船忽快忽慢在溪上穿行
兩岸盡是一望無際的桃樹
各種樹齡、各種體態都有
在繁漫交錯的枯枝間
一代又一代的桃花綻放凋零
層層編織著催人欲眠的風景
在不曾被世人感知的
孤芳自賞的國度裡
娉婷的花朵在植物學外兀自盛開

流竄其間的薄霧也都映染著
嫣紅的光彩

溪流越來越窄
兩岸的桃樹越靠越近
到後來我們的船好像
航行在十里桃花大廳
蟠結的樹幹是列柱
單生重瓣的粉蝶
綴滿密密麻麻的枝椏穹頂

我們到底重返了誰的夢境？

「夾岸數百步，中無雜樹，
芳草鮮美，落英繽紛……」
我自始至終懷疑這一切
因為我要求
可以滿足科學的解釋
至少不違背理性與常識
但是當我置身傳說現場
看到遠超乎想像卻
似曾相識的奇觀
眼眶裡湧滿淚水
人類內心最裡面
一直渴望無條件去相信……

桃

天亮以後
霧反而變大了
桃花再度隱形
水勢已趨平緩
當視線再度清醒
像舞台的布幕升起
一幅沐浴過的美景
在乾澀疲憊的眼底展開

那是被夢寐以求的古代……

我們的小船
自動漂流到一個
被桃雲柳蔭、岸芷汀蘭和
竹棚草亭、水湄石階
圍攏而成的小港

我放棄想醒過來的念頭
先去尋找奶奶的反應
她裹在圍巾與長襖下的
身體劇烈顫動著
回頭卻給我一個
平靜而安詳的表情

好像說
是的！這就是我老家
我回家了！
她鬆的那口氣似乎沒有止境
有一瞬間我以為
她就會這樣死去

Q沒有理我
只睜大著眼睛向前張望
用張望阻止淚水的迸氾
我不敢打破沉默
下意識裡把自己縮小

避免干擾到這個不屬於我的時空

碼頭邊停靠幾隻輕巧的扁舟
幾個青衫短掛的漁人和村婦談笑
某種悅耳又陌生的方言
迴盪在清晨安靜的河灣
當他們看到我們的船靠上來
立刻停止交談
不可置信地盯著我們
好一陣子沒有聲響
然後爆起

吵雜的驚呼與議論

我因聽不懂他們的言談
略感困惑與焦慮
「別急，是老祖宗的白話吧？
很特別、很好聽」
Q認真研究起來

奶奶始終出奇的平靜
從容地用近似的話語
朝岸上漸多的人群打招呼
他們更加訝異了

有的尖叫　有的歡呼了起來
孩童爭先恐後跑回村裡報訊
「奶奶，您跟他們說了什麼？」
「我跟他們說
永周邑張家大女兒蓉姑
從外頭回來了！」
「您認得他們嗎？」
「我離開的時候
他們全都還沒出生呢！」

村人一陣推搡後又好奇上前
扶我們上了岸

一邊七嘴八舌殷切探問
陌生又熟悉的口音
近似南方某些方言
每個字詞的意思呼之欲出
但終究甚麼也聽不出

他們吐字發聲的位置
比較在口腔靠前
似乎沒什麼輕脣音、兒化音
我本來以為兒化音是
受阿爾泰語系的影響
但日韓文並不會這樣

奶奶跟他們交談時
還略帶多變的鼻音
如越語搖籃曲般的吟誦
顯得非常清靈
但是語法近似文言文
你依然可以感覺到
強調的情緒與落點
並猜出哪些是動詞
哪些是主詞和受詞

現在
我的先秦時代終於有聲音了

但是我卻進不去那聲音
我更像中了邪的鏡頭
一股腦注視著、記攝著
我所經過的每一張臉譜
很想把他們都仔細端詳
又怕錯過任何一張面孔

這些古人並不古老
他們正專注地感受
生動地呼吸

是的，他們是我們的血親
卻也是另一種族群
不只是文化上，我相信
基因上也有小小的差異
我不曉得這差異的意義與影響
我無法那麼快知道
更可能永遠不會知道

也許服裝或造型相似
他們的長相有些雷同
——最大特徵應該在髮型吧
仍是束髮紮髻　飾以荓幘

衣著則交領右衽　長衫寬褲
勻稱苗條的身形斯文秀氣
除了行動時重心上下明顯
看不出和現代人的差別
更因和奶奶的氣息接近
而顯得特別親切、和善
單眼皮的杏眼或丹鳳眼
棲息在柔和偏瘦的臉龐
好奇地緊緊盯著我們
也有一些活潑有神的
雙眼皮或大眼珠四處照射

這些臉龐聚集起來
注視、窺視、絮絮低語
絲毫未察覺他們已對我
形成巨大的蠱惑與催眠

在碼頭沒多久
村民便簇擁著一個梳著高髻
身著深褐色曲裾的長者前來
他先恭敬地跟奶奶作揖
跟我們交換眼神時
則有些不知所措

幾乎讓我誤以為
他想隱藏古人的身分
但他其實面容素淨表情豐富
低聲跟奶奶聊了幾句
便喜出望外地
牽著她往村裡走

這時候我才回過神來
仔細打量我們的所在
這一切都是真的嗎？
千古流傳的桃花源
就在我們的眼前？

我努力呼吸空氣
努力睜大眼睛
努力確保清醒
但是夢境愈來愈深

桃

我們穿過一座幽暗的山洞
是的，「山有小口，髣髴若有光。
便捨船，從口入。
初極狹，纔通人。
復行數十步，豁然開朗。」
這數十步看來不長

卻似乎隨時能延伸路途遠近
看起來狹隘，卻
處處暗藏時空陷阱

陰涼潮濕的氣味撲鼻而至
把青苔、岩石與負離子
濾過的氧氣灌進肺葉裡
讓步伐和神智輕快起來
這就是結界的入口嗎？
隧道另一頭陽光燦爛
但是我不確定是否
仍屬於同一個天穹

桃

當視野「豁然開朗」
由蒼翠　湛藍　粉紅　深褐
構成的抽象畫終於顯影、定型
那是一幅怪誕的金碧山水
美得令人掉淚的
失傳的仙境

它已不是雞犬相聞的村莊
而是被隔絕的遠古心靈
孳生、創建、變形出來的

文明異獸
盤踞著整個山野
反芻著自己的記憶與本能

它已不是雞犬相聞的村莊
而是和曲折、古怪的地形
契合、共生的木質城寨
四通八達的鋪石街道
連結高低起伏的巷弄
各式階梯與廊道
穿鑿附會著
親密緊湊的屋宇樓台

整座臨水的山城
毫無意外處處開滿了桃花
間雜梨樹、竹叢和梅花
溝邊路旁還有葛藤和瓠瓜
大量植栽笑臉迎人
讓一夜疲憊與懸念
煙消雲散

放眼望去
城區大部分建築
呈現暗赭或灰褐色調
綴以鮮明的緋紅彩飾

靠港墘平地的老街口
歲月洗白了門柱與窗櫺
因凹陷而顯著的木質紋理
甚至扭曲了工整的結構
也有一些新建的房舍
顏色較淡或猶帶新漆
也處處雕飾湘妃色花紋

我自行走進一個幾乎
可以鳥瞰大半河灣的透風涼亭
兩個正在聊天的少婦匆匆閃避
那是一片令人心曠神怡

令人嘆為觀止的風景
大自然和人類文明的私生子
遺世獨立於烏有之鄉
放大百萬倍的超現實盆景
滋養著南柯國度的子民
峯林與溪澗、水色與天光
石筍與溶洞、峽谷和河灣
而這一切很可能只是
漁人與旅者的白日夢
時間岔出的死巷

我上前幾步

往山谷方向眺望
桃花源最大的聚落赫然在彼
緊貼被無若溪切開的峰巒兩側
無數七八層或更高的樓閣
疏密於幾里長的峭壁之間
像鷹架與蜂巢交織
木頭與石材榫卯的神仙洞府
也是張揚著桀厲想像
屢屢造訪我童年睡夢
古老文明偏執的原貌
緊擁自衛與安逸本能的窩巢

像巨大如岩壁的樹幹
刻鏤、增生、繁衍而成
室內空間串著室外空間
草本芬芳串著木質馨香
縱橫交錯的甬道、迴廊
天橋、廊橋、不見天街
猶如各式導管與篩管
我幾乎可以聽見它們
運送著寒暄、腳步聲
奔跑玩鬧與造飯的聲響
下行，是樓梯、石級、
畜欄、吊腳樓直抵水湄

上探，樓梯、石級、
露台和重閣逕自鑽入
層層交疊的斗拱與飛簷

我退回涼亭
把視線鬆開
遠方的畫軸
延伸至崇山峻嶺
直到雲深不知處
近處的橫幅
粉焉焉的桃樹
綠油油的田疇

欲剪湘中一尺天的溪流

一行人越走越高
沿著上坡的主街道
來到一座斑駁古老
展翅欲飛的祠堂
它不是最龐大卻顯然
是極崇高尊貴的所在
簇擁著我們的人群
到此就沒再跟上來

不出所料
這裡正是宗廟
歷史最為悠久
形制最為古奧
登兩級半層樓高的階梯
來到渠渠斑駁的大廳
上頂無遮蓋的疊樑穿斗
下鋪細墁石磚和厚實地板
中堂巨大的神主牌上
書寫篆體大字「列祖列宗」
底下密密麻麻的文字
在昏暗的燭火搖曳中

什麼也看不清

「這裏頭供奉著
最初十二姓祖先的牌位
有熊、項、景、劉、靳、賈、莊、黃等」
奶奶低聲跟我說
那人也繼續跟奶奶補充
「因為婚配繁衍
現在已發展到三十六姓了！
八百戶人家
四千多口」
奶奶繼續為我翻譯

然後說
「邑長已在後廂等我
我妹妹老司命也在來的路上
我先去跟他們打招呼」
留下我和Q
沉默待在大廳

宗廟裡頭瀰漫著
濃郁、複雜而難以辨識的氣味
介於泥、木與黴
風乾的獸肉與油脂之間
接下來的行程

無時無刻
我們都會聞及各式
熟悉或陌生的氣味
它們如此清晰而引人注意
好像從不曾蒸散、稀釋過

Q一直不太搭理我
這方便我在昏暗中打量她
她的眼睛幽深而明亮
更多的美麗從肅穆的神情
散發出來的同時
也散發出更多的陌生

而這讓我對她產生了
迷惑而深情的敬畏
在武陵農場時
我還會帶著狎暱的心情
與她調笑
但是，此刻我們進入古代
她好像比我更迅速
投入為古人

桃
半晌
奶奶攙著一個老人出來

我們還沒迎上跟前
她就急急吐出一些可以辨識的字
小蔚、小雯……
甚是激動
老人的眼裡結滿眼翳
看起來比奶奶還要老
也不管我們懂不懂
涕泗縱橫直扯著我們
不停地向我們訴說
奶奶也陪著她流淚
我們可以猜著七、八分

只能竭力安撫著兩姊妹
輕輕摟著她們瘦削的肩膀
細心順順她們凌亂的頭髮
好像這樣就能不經意地
滲入並分擔她們獨有的
漫漫時光
這時
我覺得我更像父親

桃

桃花源是沒有旅店的
但是宗廟西側有些

工作當差的簡易房舍
再往後走便直接通到一般住家

這裡的建築多為連綴式
像更曲折複雜的客家土樓
多開間的廳房往上下兩旁延伸
連結著過道、走廊和更多房舍
聲息相通、防風防雨
給人很大的安全感
透天、透光又透風
也不讓人有幽閉的恐慌

我們被引領著穿過
一重又一重的樓宇
一間又一間的廂房
高高低低、上上下下的
樓梯棧橋
忽裡忽外、忽明忽暗的
門廊甬道
感覺夢越做越深了

當我醒來時
好像醒在一堆味道上

正是主人招呼用膳的時辰
屋內相當黑暗
Q 熟練地提著油燈
帶著我和奶奶前往餐廳

在昏暗的燈光下
我們就席盤坐
豐盛的菜餚擺滿
十幾張長方大桌
我看不出具體食材
大概是雞鴨魚肉和各式蔬果
一如預期

伴隨許多醃味與醬菜

筵席的餐具精美隆重
湯和熱菜盛以陶盤陶盆
還有令人驚豔的漆器
後來我發覺
永周邑幾乎就是漆器之鄉
生活用品、各式容器都塗有
光滑亮麗或精雕細琢的表層
閃著朱紅、粉紫或漆黑的色澤

用餐的時候

大概也是我最想念
二十一世紀的時候
再怎麼用心烹煮
關於味蕾的美學
兩千年來確有很大不同

我扒了幾口米飯
烤肉和粗礪野菜
喝了點湯就停下來
心不在焉望著陌生的餐盆
每個人都在嗡嗡低聲說話
但我只分辨得出奶奶的聲音

我繼續昏昏欲睡
感覺晚餐並沒有讓我醒過來

奶奶怕我們無聊
努力翻譯著主人們談話的內容
「後來
我們知道司命跟你爺爺走了
原本還巴望他們會再回來
以最溫和、安全的方式
把外界的消息或資源
一點一滴地帶進來
司命從小住在這兒

知道這裡最需要什麼
沒想到之後毫無音訊
大家也漸漸淡忘此事」

「我們出去以後
就遇到連年的戰亂
根本還來不及安頓
甚至還來不及逃難
就跟著戰敗的朝廷去了海島

在最初那幾年
我天天都在想

我們的先人真有遠見
永周邑真是世外桃源
無憂無慮、沒有戰亂
那時好想家
但回去的門已永遠關閉了」

奶奶握著我的手
「完完全全沒有想到
有生之年還能回到這個地方」

桃

這時有人沿著樓梯和走廊

開始布置一些樂器和設備
看樣子還有當地的表演呢
我好奇湊近　東張西望
基本上是些改造或簡化的
編鐘、玉罄、古琴、鑼鼓和笙簫
漆木樂架上有鳳凰的圖案或形狀
凌亂的行頭裡
我也看到竹簡和粗糙的布帛

眾人寒暄騷動未息
一個高髻灰袍長者
便突兀致了詞又草草結束

戴紫色布冠的中年走上前
熟練撥動小型的敔柷
樂舞便隨興而啟

這些清脆悅耳的古樂
音律和諧、變化多端
比我想像的清靈流暢
很快開展出一個
絲竹盛會的氣場

然後少女們依序就位
殷勤獻唱

她們的歌聲
清澈如漱玉
婉轉如鶯啼
令人凝息駐聽、擊節歎賞
有些歌謠細膩悠揚
讓我想起苗疆風情
或類似〈傜族舞曲〉的天籟
我相信我甚至聽見了
〈越人歌〉的原始版本
「今夕何夕兮，搴舟中流
今日何日兮，得與王子同舟
……

山有木兮木有枝
心悅君兮君不知」

但是
我也總在深情素樸的歌聲裡
聽到
也許並不存在的哀傷與期待

穿桃色深衣的少女
是表演的主體
她們模擬破繭的蝴蝶
飄移在樂器和樓梯之間

瞬變的身姿與隊型
令人眼花撩亂
而最讓人震動的是
多名氣勢昂揚的短衣少年
加入鐘鼓齊鳴的大舞樂
那是九歌餘緒的祭神之禮
山川水湄之神紛紛現形
祂們附身於各形各狀
精美無比的漆木面具上
指揮著穿帶並受制於這些
詭異臉譜的狂亂舞者
做出不可思議的動作

猶如眾神顯靈的儺舞
讓一旁觀者如醉如痴

這當中許多歌曲
在場的人都能哼唱
Q也專心地跟著學習
我驚訝地望著她
她卻氣定神閒：
「學習語言最快的方法
不就是唱歌嗎？
它確實不難

語法相近
要練習的只是發音」

少女們對我們很好奇
圍攏過來打量、聊天
原本正襟危坐的成人
也忍不住過來湊熱鬧
翻譯、猜測，加上穿鑿附會
竟然有種相知與共鳴的錯覺

「我們的世界比較小
必須儘可能把日子過得更豐富

讓這封閉的所在像個
一輩子都逛不完的林苑

我們的生活經驗也有限
要有大量想像來彌補
像民間故事、遠古傳說
和一起在此共生共存的
諸神與生靈
藉由他們來幫我們實現
各種願望與冒險」

記得很小的時候

孤獨的我在自己房間裡
蒙著被窩　閉上眼睛
靠著一個又一個的白日夢
就可以自給自足
度過漫長的時光

白日夢可以無限延續
我們的生活與世界就
可以無限擴大
於方寸之間

「比九歌複雜許多的荊楚神話

是我們世界觀的基礎
人性化的諸神有著
受限的神力與無奈的無力感
他們的情緒
解釋了季節與氣候
他們的恩怨
解釋了為什麼
從前繁華無憂
如今卻偏處一隅躲藏

還有一個巨大的反派
隨時覬覦我們世界又

充滿破壞與蠱惑的
西贏大君
會隨時帶來噩運

我們無法跟後生們說
再也沒有其他世界了
但是可以跟他們強調
我們的世界最好

山的後面是什麼？
山的後面的後面又是什麼？
雲的後面是什麼？

雲的後面的後面又是什麼？
什麼樣的故事才能
滿足並阻擋
他們繼續問下去呢？」

再次走出屋外
清涼的晚風迎面拂來
正是我最熟悉的陌生
我和Q緊緊握著手
興奮而安靜
她好像我前世的妻子

我好像前世的我
Q的神秘氣質似乎
總能隨時看穿我的念頭
我當然知道那不盡然
但內心也許渴望被看穿
似乎，這樣就能永遠獲得諒解了！

我一向色厲內荏
始終叛逆、張揚
所以更需要
一個可以安全存放

脆弱與幼稚的地方

可是當我開始這樣去想
就不太認真去了解她了
只一昧把她神秘化理想化
像一尊女神
無所不知卻
無從了解

但是她更可能只是一個
被真正的古代
驚嚇、迷惑到的女生

需要我的勇氣與誠懇

很奇妙的
永周邑的夜晚
室外比室內來得明亮
小城寨裡到處結滿
各種漂亮的燈籠
尤其是沿河的廊道
燈火通明形同白晝
「邑人怕黑

習慣點燈
每逢節慶
各式燈火
遍照四野
令人歡欣又安心」
而最明亮的地方
在燭龍廟埕一帶
邑人最重視的五大神祇
是東君、月娘和水、火、土
而火神燭龍、水神無若
一陽一陰、永續相伴
是遠古社會

祈禱的資源與能量

半夜
從台北之夢驚醒過來
好像死後又突然甦醒
感到無由空虛與辛酸

在睡前
我千頭萬緒輾轉反側
不時想到歷史的荒涼
但這一切與歷史無關

而是時間
時間綿延的鎖鏈

身為華夏子嗣
我們在心裡或腦袋裡
永遠遺傳著一節時間的盲腸
透過文化
透過父祖的教誨　暗示
我們都不自覺在延續著甚麼

雖然我們只活這一輩子
但是沒出生之前的歲月

仍像基因或遺產
累積在潛意識裡

日常思維底下深埋著
未被覺察的伏流與坑道
明亮而意識得到的今生
只是其中小小的線頭
要加上前人黑暗幽深
看不到盡頭的過往
才是靈魂的全貌

因為我們繼承的不只血統

還有「子孫」的身分和
祖先塵封、未解碼的記憶……

一般社會環境裡
這集體潛意識無從喚醒
但是——
半夜——
從台北之夢驚醒過來
我感到無由的空虛與
莫名的酸楚

為那些虛擲於時間之海

辛勤卻一無所獲的生命
那些重要過、惦記過
甚至嘔心瀝血過
如今卻已不再存在
不再有意義的人事物
產生投射　感到疼惜
是多麼蒼老的心境

在睡夢中
我短暫經歷了一個
年齡超過幾百歲的我
或一棵千年古樹

看盡朝生暮死
歷遍時光流轉
卻無法更新久朽的記憶與遺憾

這麼多被祖先祕存我們心底
而我們一無所知的遺憾
被召喚出來
集中一次在夢中湧出
我感受到原本不屬於我的
巨大千百倍的失落與惆悵
沒有任何方式抵抗

只能一逕流淚

哭完之後
真正被掏空了
悠然想起缺席的主角：
爺爺

他曾在這古舊屋簷下住過嗎？
他是怎樣一個人？
如何看待這個世界？
還有另一個世界？
又如何看待他的子孫後輩？

如果沒有戰亂來捉弄命運
大腦過動、懷才不遇的他
會是何等面貌？
他曾多次揚言
不想和任何人交換這一生
他會如何看待自己的一生？

但是他的經歷夠傳奇了
就在我寄宿的這個地方
和一個古代女子相遇相愛
然後帶著天大的祕密
混跡於兵馬倥傯的年代

六十年前逃到一個海島
在這中間，又不停地
自熟悉的地方出逃
不屬於任何地方是什麼感覺？
只屬於遙遠的地方
又是什麼樣的感覺？

我握著他留下的古玉
希望藉由這先人的手澤
可以讓我們通一點靈犀

我也想念起父親
那個努力想隱藏對我的失望
來努力愛我的
低調沉默的心理學者
想念起母親
那個以過度寵愛我來
療癒她自己的童年的
美麗而神經質的作家
想念起變陌生的奶奶
還有那些我不認識但
陪我度過熱鬧或冷清生活的

所有路人

在時間的長河裡
人類為生存而掙扎受苦
倖存的人為繼續生存而
繼續掙扎　受苦
這整體宿命的無謂與無稽
離我們每個凡人都很遠
是屬於神或上帝才感受得到的

可是我們一旦被抽離當下
被擲回任一階段的演化現場

就會感受到這整體的悲涼
整個物種的本質裡頭
原始的　殘忍的苦楚

桃

再次醒來
是Q把我叫醒的
快天亮了
你想一起去採薇嗎？
一束桃花採了進來
採薇？
Q神祕笑笑

這時屋外已傳來
婦女們結伴經過、輕鬆談笑的聲音
我披著厚厚的外衣
和Q走到微涼的戶外
目擊了一個奇特的景觀：
一條沿著山坡開鑿的
窄窄階梯
流淌著源源不絕的清泉
許多婦女和小孩
一邊赤腳爬著階梯
一邊撿食積水的泥階裡
剛剛發出嫩芽的淺綠植物

「這叫水薇，
介於蕨類與蕈類的植物
只要山泉湧出
這些神奇植物
一夜之間就可以發芽生長」
我跟著抓了一把放入口中
感覺像嚼著綠色的木耳

當天色漸亮　濃霧再起
階梯便乾涸如常
直到下一個凌晨

桃

既然走得稍遠
我和Q便四處探看
隨著孩童的朗讀聲
來到坐落於山腰的塾堂
孩童們出乎意料的
早已在此認真學習

「桃之夭夭，灼灼其華。
之子于歸，宜其室家。」
我們不敢騷擾他們
沿著幽深的長廊

靜靜走開

此間張貼、書寫的多為
簡化過的篆、隸體毛筆字
還有些認不出也猜不到
「我們的學堂一級三年
讀書識字、傳授六藝
三年之後的學習就算深造了」
掌理塾堂的老夫子
後來跟我們做了介紹：

「當初帶來的古籍很少

詩經、周易、春秋、論語、
楚地歌謠和一些農書曆算
主要是為識字和建構知識使用
目前傳授的內容
多來自我們的生活經驗
就編寫在竹簡或布帛上

塾堂傳習的思想、戒律接近儒家
因為儒家許多觀點
較接近人性訴求也
較有益於鄉黨的鞏固
童生最初使用的課本

則是這部口訣般的條文
『永周蒙學』」

桃

午後，邑長在宗廟接見大家
邑長就是這裡的最高領袖了
從十二個大姓的族長中選出
豐顏、長鬚、高髻寬袍
身影沉得像個秤陀
端坐這小宇宙的支點
停留時間較久了

我們注意到邑上男子
其實束髮短髮光頭皆有
間或繫巾、錙撮、戴冠
感覺跟行業、分工有關
女子梳髻散髮或紮辮子
倒也多彩多姿　隨興自然
她們衣著十分光鮮
搭配的方式極具美感
Q整天盯著她們看
又是摸又是聞　還不停發問

「這些染料都來自大自然

也有助於模仿大自然
絹布顏色與宗教、五行無關
但跟花卉的聯想特別緊密
有些及笄少女
會以桃紅為衣桃葉為裳
桃枝為紋桃核為飾

根據場合與心境
有一鮮九素、三鮮七素等衣著搭配
嫣紅、嫩綠、粉紫、水藍
和各種低彩度的深厚顏色
以細膩、精準又具巧思的

比例、韻律來協調、交響
視覺的舞蹈便款擺在
明媚山水與斑駁巷弄之間」

桃

沒等奶奶翻譯邑長的寒暄
Q似乎已聽懂部分言談
她逕自發問
「為什麼已過清明
還處處桃花？」
「因為北風吹不進來
四季如春　花期紊亂

長年都有花開」
「我們對四季之辨
在於溪水的漲落
在於嵐霧的厚薄」

我悶聲不響
努力去理解這個理應
消失於兩千年前的社區
體會他們的感覺與認知：
這些典章制度、
生活方式與態度
都不曾改變過嗎？

有多少是原封不動先秦古董？
有多少是後世增創、改變？

「以我對永周邑的觀察
未經太多演化就有此等規格
這文明比我想像要早熟許多」
奶奶把我的感慨翻譯過去
邑長聽了哈哈大笑：
「我們不是自古以來就是這樣子的」

「我們不是自古以來就是這樣子的
即使自囚於內心之中

一個人一生也可以很曲折
何況是兀自摸索的社群？
連『永周邑』這個名字
也是很久之後才取的

想想看
多心多竅的人類
困處封閉的環境
怎可能沒有糾紛　沒有鬥爭？
八姓之爭、分田械鬥、端陽大疫
我們遭遇過許多天災人禍
學得教訓又忘了教訓

忘了教訓又學得教訓
還好
我們有用不完的時間學習
畢竟
生存繁衍是大家共同的目的」

到河邊接我們的那人
是張姓的族長
他跟著接話：
「在早先
我們真經歷過不少動亂
端陽大疫讓此地人口少了近三成

有兩姓人家幾乎絕傳
從那之後
我們對生活品質的追求
都帶著強烈的衛生觀念
或因潔癖而崇尚簡約」

「避秦逃難的記憶漸漸消失後
共同命運的意識也漸漸模糊
有一陣子許多人想逃出去
有一陣子大家又散處四地
老死不相往來
但是時間和各種難題

還是把我們綁在一起
漸漸漸漸就認命了」

邑長盯著唯一聽不懂的我
認真地講解
奶奶熟練地轉述
「在封閉的環境裡
沒有比共同信念、價值
比禮法、規矩更重要的事
那是我們的生存定律
也是我們的遊戲規則

我們的信念簡單明確
處理好人和人之間的事
處理好人和環境之間的事
並隨時警惕細微的變數

我們用最大心力在人格教育
儒家重視倫理　是個大智慧
但我們把它修正得方便又合理
還有曾子的「吾日三省吾身」
的確，省察自己、了解自己
幫我們更加了解了人性」

「在這方小小的天地
物質資源也許會有增減
但不可能無限
我們無法鼓勵過度的開發
也無法容許過度的競爭
雖然競爭其實是人的本性
特別在男子與男子之間

平等也從未真實存在……
所以我們透過人為的調節
把競爭勝負的差距縮小
強者和弱者待遇的差距縮小

競爭的範圍和強度縮小
甚至不容許
太粗暴強勢的言行

總之
將心比心　推己及人
是所有律法的根本
也是律法唯一的救濟」

「永周邑有十二個基本行業
儒、律、農、林、漁、牧、

藝、匠、醫、窯、役、巫

儒者傳道授業

律者行禮執法

農者耕耘收穫

林者育材造林

漁者網罟養殖

牧者畜衍牲畜

藝者娛樂人神

匠者巧技營造

醫者治病離苦

巫者典祀鬼神

窯者燒陶煉礦

役者服務眾人

每個行業都有業首
帶領大家業精於勤
切磋琢磨並傳承各種技藝

我們沒有貨幣
但也非以物易物
我們積攢「位權」和「貨權」
位權不可交換
和功勞、身分、發言權有關
貨權可以拿來交換其他物品

哪，
這就是位權的權
這是貨權的權」

邑長向我們展示了
介於刀幣與配飾之間的
幾組金屬信物

「私人資產不能任意累積
誰掙得的就用到他死為止
不能生產者由邑人共養
因此人人衣食無虞

也少了過度攀比的動機

累積財富本來就不該是
這庇護之所競爭的目的
累積對鄉里的貢獻
開創生活的樂趣才是
這都有賴於規則的設計

多餘的精力發洩在哪裡？
你們可以去看看沿著山谷
蜂巢般的摩天樓閣和
巧奪天工的水利工程

那是匠人競爭的成果

或去看看桃樹林、桐樹林
盤根錯節、滿山遍野的森林
源源不絕提供木作之用
那是我們林首的功勞」

「在最初的幾百年
除了各家族的傳說
我們沒有共有的歷史
一直到……不知什麼時候
一戶趙姓人家遷入

才開始我們的紀年

我們在宗廟前種下
十二棵交纏綑綁的桃樹
生死相續，以樹亭之齡為紀
今年已是桃安八四〇年了！

桃

這天早晨
我聽見桃花在交談
然後我醒了過來
我忘記甚麼時候

開始有這個念頭：
此間桃花是有靈性的
它們會感受到我們的情感與思想
會互通聲息
如果你突然闖入一片桃花林
就會發現他們正交頭接耳
竊竊私語

知道有些樹丘
其實是早先的墳塚時
你更會相信它們就是
一群飽經人情世故

比鄰而居的生靈

但是今天早晨
我真的聽見桃花在交談
就在我醒來之後
最近每個清晨都有大霧
把看得見或想得到的
都遮蔽了起來
只有聲音能穿透
我順著那些奇異的聲響
往林中走去
直到安靜的河岸

桃樹圍觀下
一個粗衣老者在彼垂釣
一邊哼著小曲
「這是甚麼魚？」
我在心裡頭發問
他指著竹簍中幾條青色的魚
友善地回答我
並自顧自聊了起來
我看他的眼神好像在問
「你就是那
來自很久以後的人嗎？」
便赧然點點頭

他又跟我講了更多的話
我只能聳聳肩
用表情回答
「對不起
我聽不懂你說的話」

下午，
我們繼續瀏覽探看
城裡商鋪多設於街廊下
近似倉庫或家庭工廠
有些小店裡有少許顧客

彼此相熟，正在串門子

雖然緊鄰溪流又有豐富山泉
城寨許多角落還是挖有水井
可能是為了防火吧？
由於地下水位較高
泉眼不深、水井開闊
滿溢出來，沿著斜坡
流到排水溝和石階上
形成清涼的街道風景

打招呼的人越來越多

我們禮貌、友善地回應
此間男女大都
和顏悅色　怡然自得
負面情緒與表達很少
無論年幼年長
言談表情也較稚氣單純
家人親友間的互動
依舊有禮有節
略顯拘泥

「可說是，略帶拘謹地愉快著」
我跟Q表達看法

「所謂拘謹
大概是現代都會人的感受吧！」
她莞爾一笑

遇見你下意識想跟他溝通
卻幾乎說不上話的人們
有強烈隔鞋搔癢的感覺
彼此充滿關心、好奇
卻找不出確切的表達
那不單是語言的隔閡
是構成生活與認知元素的落差
對經驗的不同理解與

共同語彙的匱乏
不是和日、韓民族溝通的困窘
而是生命的想像、心智的狀態
像光年一樣恍惚的距離
而語言的隔閡　有時
反而紓解了這種焦慮

第三個夜晚
整個晚上我都飛翔於
滿山遍野的桃花林和
光怪陸離的永周邑上空

我夢見我聽懂了他們話語
而且對答如流
我還辯才無礙地跟他們
詮釋了在這麼多年裡
他們的文明迴避了「胡化」
可能的意義

其實那只是個不成熟的想法
但在夢中我卻滔滔不絕　口若懸河
顯然是為了發洩
這幾天有口難言的壓抑

然後我又回過頭來
繼續用非常流利的
永周邑方言跟Q對談
自信　老練
像丈夫對妻子一樣

我掙扎地醒來
自以為醒來之後又昏昏睡去
這次我經歷了
被時間活埋的恐慌
以為永遠回不了台北

空間或距離
可以到達或拉近
但是時間的差池
即使是一秒鐘的鴻溝
也無法恢復　無法跨越

我的身心已迷失在歷史的斷層
相對於那座每天都在
辛苦向前摸索的城市
我已經停滯、凍結
形同死亡

其實來到永周邑以後
我已放棄對「胡化」的胡思亂想
一個全然封閉的社會
更撼動著我的認知

「胡化」的概念太平面了
根本無法運算歷史的複雜
不管有無「胡化」
在歷史的進程中
每個社會都要面對各種現實
封閉與開放決定了問題的本質

「胡」或緊緊圍繞我們周遭的
蠻夷、番邦、外來威脅與影響
是現實世界的空氣
空氣中有許多病菌
會使我們生病、感染
也會使我們改變、強壯
而有了抵抗力
最重要的是
只有暴露於它
我們才能和現實世界
成為一體

桃

封閉的世界
似乎保留更多原汁原味
讓我們加倍珍惜

但如果拋開崇古主義
你會發現最古老的
雖然極為難得
卻往往不是你想要的

如果凡事一成不變
連「最古老」都會失去意義

因為只有變遷
只有消逝
才會引發我們的眷戀與珍惜

單是與世隔絕
成就不了桃花源
我必須更坦率
更無成見地
和我的故事對話

但是夭夭桃花對我的思維

干擾越來越大
在這場奇遇裡
它不屬於知識
全然屬於神話

桃花源是桃花結界的所在
透過顏色、氣息、頻率、波長
它對邑人產生深遠的影響
包括心情、心理、心靈
經期、風水、運勢
但人們一無所覺

我懷疑它們也想把我同化
把我的反應放慢
把我的敏感化為習慣
讓我的觀點趨近木本植物
更專注於光合作用
而非呼吸

鉅量悅人的嫣紅粉彩
有著催眠的能量
樹林中待久了
我的自我意識
會漸漸稀釋、溶解

有時一不留神
和大自然的頻道接上線
驀然脫離了肉身
感到清涼、裸露的舒暢
還會嚇一大跳

動物和植物之間
可以相通相感嗎？
生與死之間
是否也一樣？

桃

這天早晨的震撼
遠遠超出我的想像
奶奶和她妹妹突然
把我們叫到宗廟裡
說有要事宣布
兩人穿得傳統而隆重
帶著似笑非笑的表情
氣氛非常詭異

「時候到了
我們姐妹該離世了」

「什麼？」
「我們的生命圓滿了
我們的壽命也用完了」
「什麼？」
我的表情如斗大的問號

「我們該離世了」
奶奶幾乎是以詮釋
傳統習俗的口吻
來跟我傳達「噩耗」：

「不要傷心

也不要害怕
單純封閉的生活
讓我們更能專心面對
生老病死的期程
更能從容不迫
及早準備自己的葬禮」

我預想過她的死亡
但未預期到她的態度

「不要傷心也不要害怕
回到老家　回到這裡

我的生命已經圓滿了
——趕著回來
因為這是我和你爺爺
初次相遇的地方
我另個生命出發的地方……

我這輩子擁有這些
就足夠了
多活一天的經驗與記憶
都只是多餘……」

「爸爸還在等您回去呢……」

「他會很好的
我們彼此的親愛
已毫無保留地付出
再突然的分離也沒有遺憾

小時候
他還以為我是仙女呢！
天真的眼裡充滿全然的信賴
不過，長大後客觀、理性地搞學術
也許想抹除童年
真誠幼稚的印象吧？
他太懂事了！

從不讓我操心牽掛

而我
我已沒有氣力在路上折騰
何況
你爺爺也在等我呢！」

「此刻我最掛念的
是水庫要開始蓄水的事
你們兩個一定要把詳情帶到
把可能的選擇想清楚
看大家怎麼解決」

「……現在，你們兩個
得讓我們兩個獨處一下
畢竟
死亡是件很私密的事」

整個對話十分突然
我們用了最深的情感
和最輕的力氣
彼此擁抱
用呼吸探測對方的呼吸
不捨
但還來不及悲哀

我甚至想
像送小朋友上幼稚園一樣
親自送他們到死神跟前

「到了我們這個年紀
只要一點點藥草
一點點訓練和意志力
就可以抵抗油盡燈枯的生命
隨時隨地安樂死

死亡要主動去達成
不是透過拖延

透過回天乏術……」

我們失魂落魄看她們離開
在大廳裡混亂地應付
這時候才一下子湧現的
一千個念頭

桃

我一直隱隱有些想法
覺得這片蒼老的土地上
始終留存著的東西
遠比我們知道的多得多

倖存、退隱的遠古幽魂
被封藏於莽莽神州
可能是典籍遺物
可能是墓葬古跡
可能是劫後餘生的族群或村落
更可能是個人或集體的
記憶與性格

它們氣若游絲、奄奄一息
以我們意識不到的方式
在我們意識不到的角落
守候到最後的時刻

在那之前
在那之前
一個現代的腳步踏下
就足以讓它們魂飛魄散

桃

每個時代有每個時代的桃花源
每個人有每個人要逃避的事物
和追求的理想國度
而任何現狀都不足以停止
我四處張望、探索的步伐
就我而言

永周邑像母親衰老的胸懷
珍藏著你不曾目擊的童年
未及完成的夢境
那是「未來」還隸屬於「過去」
「現在」還沒切斷和「從前」的臍帶
但每個成年個體的宿命
都將會是離開……

其實大致說來
本地人過得安詳自在
可是充滿現代意識的我
卻不由為他們感到悲哀

因為他們失去了某種現實性
一旦重見天日便會煙消雲散
墓穴壁畫無法和空氣接觸
這讓這一切美景顯得徒然

一旦岔出了歷史
還需要插隊回來嗎？
他們算是活化石
還是寄生於一個
隔絕的平行宇宙？
僻處桃花源和
太空船永別地球

有什麼不同？

也許
他們另類的生活方式
價值觀和珍稀的體驗
可以給我們許多啟發
但是千百年來
殫精竭慮、掙扎求存
只為成就一則寓言
啟發、貢獻或帶給
二十個世紀後的我們
反思反省的契機嗎？

桃

一切進行得比想像快
第二天下午
我們被請到宗廟的後廂
後廂比前廳寬敞、幽暗
也比其它的公共場所
更為古老、陳舊
甚至帶著想像中的楚國風格
和被精緻化的薩滿教氛圍
再仔細一看

比較明亮的中堂周圍卻是
前所未見的陰森景象：
許多人型大小的木俑
穿著不同年代的服飾
或坐或立於多達四層
彼此互通的木造台座
像密集圍坐劇院觀眾席
俯身觀賞舞台上永恆表演的
毫無表情的觀眾

他們有的相當老舊
服飾和神情布滿灰塵和油垢

有的較新，衣服都還乾淨
怎麼會有這麼多木偏？

但是我們的眼光
很快就轉移到後廳正中央
躺在大榻上的兩個老婦人
她們剛剛死去
神容安詳
奶奶看起來甚至年輕了二十歲

整個離奇的遭遇早已
摧毀了我們的現實感

奶奶的衰老與離去
我們也早有心理準備
而且
畢竟她真的回家了

一對老姊妹
看似不經意地
示範、提醒我們
死，也是一種人類的本能

桃
今之楚人是處理

死亡情境的專家
但我始終認為
死者亡故之後
就不再是死者的事了
一切儀式和作為都是
為了要安頓留下的人

生者一直在設想死者
於是在祖先的牌位下
死者被迫不死
死者被最大化
因為生者不認識死亡

只知道每一個人的「死」
都比他的「活」長得多

「從前
事死如事生
是我們生活重中之重
直到現在
每年好幾次
司命都會為我們安排
和逝去的親人或歷代祖先
談話的祭典

但是我們的小世界
容不下太大的超自然
現世生活日趨複雜
鬼神之事也就漸漸
更將就、更合時宜了」

我對於自己對死亡的冷感
感到十分訝異
也許掙脫不出睡夢的狀態
也許是下意識覺得
整個永周邑直如
死後的世界

在此生與死的分際
原本就薄弱無比

但是Q仍無法承受這
被刻意輕描淡寫的訣別
這些日子的朝夕相處
她和奶奶建立起
比我更深的情誼
此刻跪坐奶奶身旁
默默垂淚　一言不發
一邊輕輕地
摩挲著她猶溫的臉頰

小小的騷動中
老司命的家族晚輩也都來了
他們憂傷哭泣
中規中矩

這時高髻長者
領著一干人等進來
頻頻低聲交待
熟練打點一切

進來的人當中
最引人注意的
是一美麗盛妝的年輕女生
她是現任的司命
同時也負責葬儀

四名持花女子魚貫進入
在司命的指揮下
持死者生前衣物
繞室舞蹈招魂
同時把薑花、蘆葦、劍蘭和桃花
鋪在亡者四周

然後裝扮如花神的司命
彎下腰來
呼喚他們的名字
貼著兩人的耳朵講了一些話
好像她們還活著一樣
而她們的神情
看起來好像也很聽話
接著主祭者又各塞了一粒
像紅棗的乾果在她們口中
又塞了一些象徵性的「飯含」之物
然後恭敬地站在床榻前
對死者朗讀祭文

高髻的老者過來招呼我們：
千百年來的篳路藍縷
我們的葬禮已簡化許多
守孝服喪之事要整整一年
由大司命後人遵奉即可
你們外人就依方便行事
接下來就等大殮了
回頭徵詢過小司命後
引領其他親族繼續進行
小殮的其它相關儀式
更多的親朋好友

人人手持桃枝
肅穆列隊而入
整個後殿一下明亮了起來
他們殷殷切切和我們
說了些祝福哀悼的話
有的還激動哭了出來

見我們有些不知所措
小司命過來安置我們
和高髻長者交換意見後
說晚上還有告別宴
示意我們先行離開

桃

在青石街道靜默走了許久
我試探地去牽Q的手
她沒有拒絕
但回應得十分輕微
好像人並沒有連在我牽的手上

「為什麼在宗廟裡頭
擺滿那麼多木俑？」
我繼續著我的好奇心
「那些不是木俑

是真人做的木乃伊」
她平靜地說：
在早先的時代
身分特殊的人死後
會被做成木乃伊祭拜
後來就廢除了

大疫之後
火葬開始普及
他們把骨灰鑄成
一尊尊小小的人俑
再採黃泉葬或桃花葬

也就是土葬或者樹葬
奶奶和姨婆也要求樹葬」

我原先擔心奶奶的死亡
將使我們身陷言語不通的窘境
但是Q似乎已繼承了她的角色
可以像自己人一樣
和當地人交談了

桃

這個晚上
桃花徹夜未眠

我繼續作著各式奇怪的夢

我夢見奶奶大殮現場
全城的人都持著桃花來送行
整條街道就像移動的桃樹林
奶奶和姨婆端坐在大轎上
接受大家的祝禱

背景的宗廟
此刻化為巨大的靈柩
凌駕四周的樓閣
大到所有人都拉不動

大到跟我想像的死亡一樣大
而且愈來愈沉重

我無法承受這種巨大

滿頭大汗醒來
發現自己的手臂
被不安穩的睡姿折在胸前
迷糊中有些恐懼
怕死亡會傳染
我們會帶著死亡的引信回家

來到這個古老的聚落後

我夜夜做夢
不只如此
夢境幾乎占據我所有睡眠
只要一閉上眼睛
我就忙碌穿梭於
各種離奇怪誕的時間與空間
看似天天入睡
但是大腦幾乎沒有休息

有些時候
夢境跟現實的永周邑很接近
我就會一時分不清

這些景象與境遇
到底是夢見的
還是真實發生過的

桃

為了水庫蓄水的事
我們主動求見邑長
邑長已聽聞我們要傳達的訊息
十分陰沉地坐在公廳的榻上

「你們明白為什麼人們
總是畏懼外界不速之客了吧？

他們往往會帶來各種
此間無法應付的難題
所以新生、陌生之事
總被視為不祥
我們不敢看它
因為怕被它看到」

「我該怎麼理解你們的消息？
該怎樣相信你們？
相信之後又該怎麼面對？」

「水庫開始蓄水之事

我們知道的也很有限
通常上游溪流的水位會迅速提高
可能變成一場超大洪水
所有的東西都會被淹沒
這一切將來得又急又快
造成極大的毀滅和傷害」

「所以我們的家園就會
這樣無聲無息消失？
千百年來苦心經營的
這方小小的居所
就這樣化為烏有？

……我從沒想到
我們的末日
是以這樣的形式發生的」

不擅感情表達的邑長
沉默了許久
許久
許久

而這抽乾空氣的沉默
讓我們理解了
有許多地方可以選擇的我們

很難一下子理解的事實：
他們只有這裡
只知道這裡

「對於將要發生的
我們真的很難評估
它的影響、它的危害
但是我知道我們必須
迅速動員、防範未然
眼前只有兩條路可選
一是走出去

讓他們知道我們的存在
也許他們會暫停蓄水
或幫助我們遷出這裡

但是出去以後
我們原先的世界就化為烏有
不論空間上或心靈上
我不知道有多少邑人
可以承受這樣的衝擊」

「另外，
就是往更深的地方遷徙了」

「如果是你的話，你會怎麼做？
你會給我們什麼建議？」

「我？我……
必須用力地想一想
非常用力地想一想」

「召開邑民大會之前
我們都得幫大家想一想
當然，無論如何
都要他們趕緊準備足夠的食糧
收拾重要的家當

還需要許多船舶……」

心情沉重地出了公廳
遇見昨日為奶奶料理後事的司命
我們上前對她表示謝意
她赧然謙辭　頻頻作揖
這個有著澄澈大眼的年輕女巫
出人意料的老成持重
言談周到得體
眼神卻流露熱切地好奇

「我的工作在這邊很平常

因為死亡在這邊很平常
事死如事生
是我們文化的重要基礎
我們和祖先
共存於同一個世界
共享著彼此的記憶
逝去再久遠的人
我們談論他們的事跡
仍像不久前才發生一樣

從早先蒙昧初開
人丁單薄的時候

音容宛在的祖先
就一直與我們相伴
死者的記憶充塞於生活中
生與死的藩籬就沒那麼大

死亡
其實就是我們
最後的團圓
最後的家……」

「在現代文明裡
我們奉行的是現世主義

或現世的享樂主義
我們不相信來世
也沒有空理睬死亡
也許是由於害怕
也許是因為忙亂
我們把死亡這個主題
還有衰老或病弱
都盡量向後拖延
直至時間的借貸到期
再去面對
再去準備

對我們而言
死亡是一種不幸、一種絕症
一種難於啟齒的屈辱
或生活中最大的異常

死亡被歧視
死者是異類
必須用懷念或同情來漂白

在現代文明裡
我們還沒有智慧
來安置死亡……」

Q的這些話

更像是對我說的

小司命的好奇

即時轉移了話題：

「外頭的世界到底如何？」

「外頭的世界？那可……」

我突然剎住嘴巴

「那……可一言難盡啊！」

「應該非常進步、充滿驚奇吧？」

「嗯……那也不盡然

世界不總是一直在進步的

常常會停滯下來甚至倒退
有時候比較好的事物
就這樣舊了、壞了
消失或被忘掉了」

「不，其實不用你們說
外頭的世界一定比較好」
「何以見得？」
「看看你們就知道了！
高大、健康、聰明、文雅
看看你們就知道了」

我不自覺地仔細端詳她
發現她是此間第一個
讓我聯想到桃花的女子
明亮的雙眸　粉紅的臉頰
襯出某種無私的美麗
率直勇敢的言談淡淡
散發我熟悉的現代感

「……我一直無法理解的
是我們自己謹守的想法
明知外面有更大的世界
卻被因循和恐懼捆綁

千百年來以各種形式供奉著
各種被美化的禁忌
從來沒有想去知道
想出去看看的念頭」

我能說什麼呢？
這麼一個根本的問題
到現在才有人提起
外頭的世界怎麼樣？
這起碼的好奇心
一直都被這孤立的社區
小心謹慎地壓抑

幾天來幾乎沒有人
主動來攀談相關話題
可能被傳統或長老們
甚至被彼此抑制、暗示過了

我們必須謹慎發言
因為我們的知識和思想
可能會像病毒一樣
對這個無菌的社會
造成無法挽回的損傷……

到了晚上
忽然悲從中來
忽然覺悟到
即將消失的，也是我的原鄉
而我比別人都更少認識它
更少跟它相處

寤寐之間披衣去找Q
沒想到她比我傷心
失魂落魄呆坐床前
臉上盡是未乾的淚痕

「我們怎麼了？
來到這邊以後
所有傷痛、脆弱都浮現出來
每天晚上都在療傷」

「不知道發生了甚麼事
就是非常自覺、自憐
完全困惑於這
如同轉世般的神祕機緣
也更加孤獨——
無法被減緩的孤獨」

其實你所愛的人
在與你共處的同時
表白了她的孤獨
是會令人產生看似輕微
卻十分苦澀的挫折感的

桃

清晨
帶著十分依戀的心情
緩緩踱步於
高與松樹齊的松木走廊
我曾在某個午夜夢迴的時刻

摸黑摸進這條曲折的廊道
赤著腳在伸手不見五指的松香迷宮
窺探著睡熟的古代

好像很小很小的時候
父母長輩都已睡著
我兀自摸索著無人見證的
深夜騎樓
那時我的世界觀還沒定型
甚麼樣的遭遇或想像
都可能發生

帶著某種自由
某種擔憂
更有和自己獨處的自得與
對黑暗神祕的親切感

但是那夜
我的悠然自得
被一隻不知何時闖入的
白色飛蛾中斷
太詭異了
熟睡的漆黑中
飛舞著一點白光

猛想起西贏大君
驚出我一身冷汗

我試圖重溫那夜
夜遊的路徑
卻在轉角樓梯旁遇見Q
她已恢復常態
身著當地古裝
摟著一個小孩輕唱著兒歌
「不是要去列席邑民大會嗎？」
「還有一會兒呢！
來！跟你介紹一下小圃

他是項家的小朋友
今年六歲

邑上的人彼此太熟悉了
互相關心互相幫助也非常八卦
小圃就一口氣跟我講了好多故事呢！」

Q學會當地話以後
我也就學得很順利了
基本上像說河洛語一樣
只是有較多固定的表達

但是學做一個永周人
Q就比我快得多
也許
我總是注意彼此的不同
她卻著迷於彼此的相似

「你的時間意識越強
就越感到變動和停滯的差別
就越有畏懼時間消逝的恐慌

但是如果在這兒住久一點
你會發現丈量時間的座標很少

時間像是一個未切割的塊狀
或至少是一個較大的單位
很多事情等於同步發生或消失
先後順序的感覺會變遲鈍

生活過得越快
時間就流得越快
生活過得越慢
時間就流得越慢
甚至好像停下來」

在宗廟舉行的邑民大會
三十六姓代表全部出席了
即使如此
會場比想像的來得安靜和井井有條
除了幾個問題激起細瑣的交談之外
整個大廳始終籠罩在沉重的靜默裡

要面對的事情
龐大且難以撼動時
內心複雜的念頭與盤算
並無法避免我們的對策

有限且簡單

「這件事怎麼會發生？
該怎麼說呢？
人類太活躍了！
外面世界時刻都有許多事「被發生」
這些事影響到許多地方
和許多物種的生死存亡
但是他們卻很少覺察

我只能說，相信我
外面有個強大的世界

而且越來越靠近……」
我拿出一支原子筆和
早就斷了訊的手機
眾人好奇地傳閱著
表情更為凝重

「我們該不該放棄這裡？
走出去？
還是，
往更深更遠的地方遷移？」
邑長再次盯著我
拋出了這個問題

但是這問題我怎能回答？

「我不知道……」
我吞吞吐吐地說
直覺不能提到外面太多訊息
那怕只激起他們
一點點期待與遐想
都會成為不可收拾的災難
「外面的世界
當然不是沒有問題的
最主要還是……

那邊的觀念和規則
和這裡的天差地別
另類文明越來越
沒有容身的地方
如果貿然出去
屬於你們的一切都會消失

也許對有些人而言 一個永遠
想像不到的理想國度也將消失」

但後面這段話
我沒說出口

Q這時站了出來：

「我想我會建議大家留下
外面的世界也許不差
但要付出無法想像的代價
雖然他們進步得更快
也大致擺脫了人們逃避的戰亂
但是孤獨的人、操心的人更多

外面的世界並不差
但是我想告訴你們
外面流傳許久的一個故事

這個故事是關於一個
叫桃花源的地方……」

逃難者的文明是特殊的
逃難時的經歷與體驗
會在往後的價值判斷中
留下不可磨滅的影響

他們會更實事求是
因為曾經失去一切
也就少了包袱與負擔

也許就更為靈活應變

但是同時
他們也會口耳相傳著
往昔的衣冠隆盛
憧憬未及參與的輝煌
所以又會竭盡所能
去保留、重現甚至杜撰
不曾存在的盛世想像

逃難者的文明
不可避免帶著

互斥的兩面性
兩者會不會都成為人類演化
最急促的方式？

我沒想到Q把〈桃花源記〉
記得這麼熟
對永周邑
理解得這麼精深
投射這麼多的情感
邑上的人第一次聽到
其他的人用不同觀點
侃侃談論著自己

全場鴉雀無聲

「知道外界的存在
其實讓我們有了
要了解自己的迫切感」
「這種了解將不同於以往的了解」

Q略略拉回原先的決絕
回頭問邑長：
「往裡頭走還有路嗎？」
「有的！
過了峽谷還有另一座峽谷

雖然是無若溪的下游
周圍地勢卻更高更寬
全部開發起來的永周邑
就像大葫蘆串一樣
隨著河階地形起伏
溪谷與沖積扇向西延伸
一時還不知道盡頭」
邑長順勢接下話題

我曾極目張望
整個桃花源就深藏在
澧水流域一條兀自流淌

獨立小河的幽深河谷裡
錯雜的石英砂岩和喀斯特地形
創造了此地戲劇化的地景：
溶洞、伏流、峰林、溝壑
縱有飛機或人造衛星經過
也不易看見茂密山林底下
這片欣欣向榮的世界

「那你們如何回去？」
年輕司命似乎岔開了話題
「一旦水庫蓄水，溪水上漲
即使過了穀雨最大的春洪

也可以輕鬆乘船出去」
「萬一外面的人
也跟著進來呢？」
我們一時語塞
眾人面面相覷
邑長適時站了起來：
「那會是下一個問題
要偽裝或隱蔽
一時之間都還可以
不確定的事還多著呢！
如果說永周邑就是桃花源的話
尋找新桃花源的故事

已經開始了！」
邑人們決定回去
和家人一起考慮三天

這一天到了
濕氣蒸散的河面
映著慵懶的陽光
我們和永周邑人
聚集在無若溪畔
或者背著大包小包的行李

或者划著載滿家當的駁船
緩緩朝裡頭的小河灣移動
這幾天來已陸續有人出發
甚至連夜舉著火炬搬家
我們一行人沿著山徑徒步
聽見老婆婆們不捨的哭聲
也聽見不懂事的孩童嬉鬧

桃花徹夜未眠
張著紅腫的媚眼
我邊走邊抬頭看著它們
想知道它們對即將發生的事

有沒有感應
但只發現到它們開得
更用力更美麗也更沉默了

「他們決定留下來……」

「不知怎麼的
一旦做了決定
大家就安心了
洪水也許會淹沒家園
那似乎是可以忍受的
只要我們的世界還在
我們相信的天道還在

一切可以重新再來」

邑長說：

「大家決定留下來

你應該知道，心是有根的

這個根就是記憶與習慣

心決定我們一切的作為

只要心安了

我們連死都會感到甜蜜

明眼人都看得出來

你們的世界更進步更好

但是那種的好
我們無法想像也
不可能跟你們一樣習慣
二千年來的功課
可能永遠也補不完
永周邑不只是我們的故鄉
它就是我們的心……」

「河水漲了！河水漲了！」
有人開始大聲喊叫
引起更多人的恐慌與圍觀
「沒關係！我們繼續往上走」

水勢開始湍急
水壩已經開始攔水
上游河川將很快漫向這邊

Q忽然問道
「為什麼會有這麼多桃樹？
這些粉紅花朵似乎
聽得懂我們的對談
了解我們的想法」

帶著即將送客的心情
邑長難得跟我們聊開：

「桃之夭夭，灼灼其華
我們一直以為世界上到處是桃花呢！
其實，應該在古早以前
老祖宗來的時候就有了
我們相信桃樹可以避邪
能把所有不祥的凶煞
擋在村里之外
它也有生殖繁衍的意涵
看了叫人滿心喜歡
後來發覺桃實味美
桃花盛開時景色怡人
家家戶戶就競相種樹

甚至以桃為姓了！」

「除了我祖父之外
沒有外人來過嗎？」
「我知道是有的
我是說
我們當然有相關的傳說
但是我讀過的祕密文獻
真正提過幾個闖入者
通常每隔幾個甲子
朔望月整數年的穀雨
春水暴漲之時

他們曾經帶來些許
和外界有關的消息
對我們有不為人知的貢獻

但是相比於永周邑
外頭世道似乎總是
兵荒馬亂旱澇不斷
所以歷代邑長也就
維持了不對外張望的規矩

你的祖母
是唯一的例外吧？」

「不過，

我倒也想出去看看呢！」

年輕司命的聲音很小

卻驚嚇了大家

幾個人停下來

睜大眼睛望著她

「妳……妳想要離開這兒？」

她堅定地點點頭

某種巫女的執念

在她眼裡熠熠發光

「我不知道要如何

完成這個願望
但是我很確定
沒到外面看看
我這輩子都不可能死心」

「我，倒想留下來
多待一會……」
Q的聲音更小
卻差點讓我昏厥
「或者妳別急著決定
我們兩人多花點時間聊聊
多認識一下彼此的世界

也多認識一下自己」
她先安撫著小司命
再回頭跟我說：
「我覺得我還沒住夠……」

「妳……妳……」
我像突然被抽走了
期盼很久的結局
根本來不及反應
也無法構想接下來的劇情

「我真的想了很久」

她深深地望著我
以為這樣就已經
說出一千個理由
但是，這一瞬間
我只驚覺到自己
竟如此微不足道

「我曾經在各式古籍裡
尋找那些詞藻後面
所依據的生活現實
也曾跟著你和你的友人
密集體驗著精采多姿的

當代文明

哪個更接近我的內心？
這問題要回歸到
我們對生命價值的思索
和對理想生活的想像

古早的生活相對貧瘠
即使是永恆的桃花源
現代人也看不上眼了吧？
這一切我們了然於心

但是
現代人又為什麼
得創造這麼多事物來追求？
活得更豐富、體驗得更多
無休止地加快生活節奏
以焦慮和亢奮撐出充實假象
來告訴自己沒有白活
這裡頭有多少是人類
發自真心的渴望？
有多少是巨大的體系
創造物慫必然的因果？

過多新生事物的追求與刺激
壓縮了回顧與回味的時辰
我們的生命遲遲無法展開
甚至淪為無止境的過渡
時間被滿滿的行程替換
時間也被偷走了」

我默不作聲
難以言喻的不滿
讓我無法較真去傾聽
我遠遠瞥見緊靠河岸

一處優美的宅第
開始浸泡在水裡
那是我最喜歡的建築之一
密密的桃樹圍繞著水榭樓台
長滿青苔的屋頂上落滿桃花
屢屢讓我想起〈桃花庵歌〉裡
的耽溺與執迷
我曾問這是什麼地方？
應門老者說：
這是「桃本堂」
治病和療癒的地方……

「我想近距離跟時間相處
看看它的廬山真面目
就在當下　就在這裡
不被行程
不被還沒發生的事打擾」
Q的聲音傳入

我們靠得很近
但是相隔越來越久遠

「如果更多解釋
會讓你好過一點

我願意花一輩子
來讓你了解」
她溫柔地握著我的手
我整理了凌亂的思緒
意圖用反省與體諒來
扳回我的平凡與渺小

「也許我對妳
又一次犯下了像
對奶奶那樣的無知之過……」
她憂戚地苦笑
我凜然感覺到

她已成為幽靈的一部分
我們無法相擁了

小司命繼續在一旁
認真地訴說著什麼
我一句話也聽不清
我吃力地試圖回答
但是說了什麼
我自己一句話也聽不清

「哈哈哈！
我們就繼續向前

繼續往桃花更多
雲霧更深的地方遷徙吧！」
就在這時
邑長的笑聲傳來
他已逕自擱下我們
去為陸續到達的邑人
加油　打氣

河面上飄過愈來愈多的浮木、家具與殘骸
我還來不及記住、畫下的樂園
正快速在解體
這一切只有桃花見證

但桃花已失語

我深深舒了口氣

奶奶的葬禮真正結束了……

桃

其實

她的葬禮

應該從渡口就開始了吧？

或者

從爺爺死後？

坐在路邊的大石上

我開始構想
要如何彌補
嚴重落後的春日行程

在我身邊的二千年外
繼續有人奮鬥圖存
邑長忙碌穿梭在人群裡
激動握著路過的每一雙
失魂落魄的手

他吃力爬上一座土丘

眺望愈漲愈高的無若溪
許久
回過頭來
遠遠望著我
好像我已站在幾個世紀之外
沉穩的身形
支撐著一個小小的宇宙

他堅定、熱切地
對著再次逃難的族人
大聲地說：
不要氣餒

不要喪志
這是一個新的開始

這是永周邑
也是桃花源
一個全新的開始

「所以我要在此宣布
今年，
桃安八百四十年
也將是
也將是桃興元年。」

二〇一七年十二月三十一日完成
二〇一八年十二月二十日　定稿

【後記】

在這部「問津─我的版本的桃花源」的創作初始，我的原本企圖是，把早先傳統的「桃花源」想像當代化、完整化，或者說，提高這個想像的完成度。

但是在創作過程中，我卻學習到「桃花源」不可實現的必要性。原因是，桃花源的本質之一就是非現實，甚至超現實；一旦實現了，甚至一旦被我們找到了，它（的「桃花源」部分）就消失了！人類的不完美或生命本質的不完美，也使我們不可能在現實中和對象有完美的認知、互動。因此完美注定無法發生。

我學到的第二件事是，在把桃花源具象化、現實化的創作過程中，很弔詭的，其實也同時解構著我正辛苦建構的「桃花源」。我也省察到，在整個創作生涯裡，就某種意義而言，我一直在用文字、文學尋找、創造我的桃花源。那麼，為什麼我會渴求或需要某種意義的「桃花源」呢？

強烈的動機與好奇一直誘使我努力去杜撰、想像，在虛構出來的情境裡，我擁有了切身思考的良好環境。這幾乎已成為我創作的常態：投射、神入於作品的角色與情境中，虔誠地感受、盡情地扮演、當真地思考。對於大腦過動、又喜歡越界的我來說，創作竟成為我最喜歡也最有效率的思考方式，可能是這幾年創作欲愈形旺盛的原因吧？

早在二〇〇四年，我就在中時跟聯合副刊發表過系列的桃花源詩作。在二〇〇八年出版的《夢中邊陲》裡，共有四首關於桃花源的詩；那是我試圖以當代心智來拓展桃花源想像的實驗。其中，〈有巢〉一篇提出樹居人某種擬態的膚色（雨林裡／人類被濃密的樹蔭／蠟染出碧綠的膚色／它們遂以樹果之姿／進行吐納與光合作用），讓我聯想到後來的《阿凡達》。不過在這本書重現的，是第一篇〈桃花源〉、第二篇〈採薇〉的內容和第三篇〈水庫〉的相關意象。

二〇〇七年我曾到湖南張家界、苗寨和鳳凰古鎮旅遊，途經常德、鄰近的安鄉和更西邊的桃源。安鄉是父親的故鄉，看得出舊城風貌所剩無幾，但仍有來自心靈上很大的觸動，因此當時就計畫寫一部更完整的，屬於我自己版本的《桃花源》。如此說來，《問津》又有點像我那次湘西之行一次印象、感觸與想像的總整理了。

除了上述地方和相關資料，我還拼湊了早年新店、烏來和石碇的記憶、太魯閣附近的祕密景點，甚至客家土樓的內部結構來填補我虛擬的「永周邑」造鎮規畫，我還為此畫了不少地圖、地形圖。總之，像陷入一場既嚴肅又自得其樂的白日夢，不能自拔。

二〇一七年底《問津》完成後，中間僅做了些許微調，聯合文學確定出版日期後，才急急忙作了一些顯著的更動。例如，我設定尋訪桃花源的契機，是每六十年一次溪水暴漲、雙源合流的時節。在《夢中邊陲》的〈桃花源〉裡頭，我寫的是「每六十年一度的中秋節」（像錢塘潮？），後來則改在春天發生；整首詩作雖屬虛構，但為了強化真實感，不免出現一些真正的地名，又怕引起對號入座的聯想，也做了陌生化、變形與轉化的功夫。題目則換了二十幾遍，一直到現在，我仍會用不同的名稱稱呼這部作品。

《問津》和《迷宮書店》都屬於我的「故事雲」書寫計畫。這個計畫多年來一直持續進行，費了我不少時間、精力，也帶來極大的慰藉。可以透露的是，到目前為止，我列入名單想玩、想寫的題材已超過五十個，已完成和正在創作的則有十幾個。這麼一個大而無當的野心，可以撐多久？實現多少？走多遠？我很好奇，但是更叫我好奇的，永遠是……我的下一行、下一頁、下一章將是甚麼？

羅智成 二〇一九年元月

聯合文叢643

問津

作　　者／羅智成
企劃・設計／羅智成
封面・插圖／羅智成

發　行　人／張寶琴
總　編　輯／周昭翡
主　　　編／蕭仁豪
資 深 美 編／戴榮芝
業務部總經理／李文吉
行 銷 企 畫／邱懷慧
發 行 專 員／簡聖峰
財　務　部／趙玉瑩　韋秀英
人事行政組／李懷瑩
版 權 管 理／蕭仁豪
法律顧問／理律法律事務所
陳長文律師、蔣大中律師
出 版 者／聯 合 文 學 出 版 社 股 份 有 限 公 司
地　　址／台 北 市 基 隆 路 一 段 1 7 8 號 1 0 樓
電　　話／(02) 27666759轉5107
傳　　真／(02) 27567914
郵撥帳號／17623526聯合文學出版社股份有限公司
登 記 證／行政院新聞局局版臺業字第6109號
印 刷 廠／沐 春 行 銷 創 意 有 限 公 司
經 銷 商／聯 合 發 行 股 份 有 限 公 司
地　　址／(231)新北市新店區寶橋路235巷6弄6號2樓
電　　話／(02) 29178022
出版日期／2019年 3月　初版
定　　價／320元

ISBN 978-986-323-297-1 (平裝)

國家圖書館出版品預行編目資料

問津 / 羅智成著. -- 初版. --
臺北市 : 聯合文學, 2019.03
304 面 ; 12.8×19 公分. --
(文叢 ; 643)(羅智成作品集)

ISBN 978-986-323-297-1(平裝)

851.486 108003443